KB247845

사과가 된 네 개의 입

이창건 동시집

파란하늘

시인의 말

아프고

슬프고

쓸쓸하고

사랑할 때

시를 쓴다

2025년 가을

차례

첫 째 마당 : 누가 너를 키우니?

둘째 마당 : 꽃은 꽃이어서 핀다

셋째 마당 : 이제는 혼자서도 잘 자

넷째 마당 : 서로 눈빛 마주 보며

해설

* 첫째 마당 *

누가

너를

키우니?

강아지 똥 1

내가

왜

태어났을까?

내가

왜

지금

여기 있을까?

이유

그렇게
빨리 갈 필요가 없는데

뛰어갔어

엄마가 오고 있거든

나와 마주 앉아
밥을 먹을 식탁에

엄마 숟가락 젓가락
놓아드리려고

새싹 문자

비가

내

리

는

날에도

쉬지

않고

일해

하얀 날개를 가진 작고 가벼운 나비가

거미줄에 걸려
파드닥거린다

나비는

이 세상에

꽃만
있는 줄 알았다

자장자장 아가야

자장자장
나무야

누가 너를 키우니?

자장자장
아가야

해님 나를 키운다

자장자장
나무야

누가 너를 재우니?

자장자장
아가야
달님 나를 재운다

나라의 그림책

오늘 방과 후 교실에서
그림책 그리기를 했어

나는 수연 언니를 그리기로 하고

2P에는
노랗게 핀 개나리를

3P에는
언덕 위에 있는 교회를 그리고
길옆 나무에 앉은 새 한 마리도 그렸지

그리고
그리고
미용사가 꿈인 수연 언니를 그리고

엄마, 생일 축하합니다

엄마는

이 세상에서
가장 큰 사랑을

담은 그릇

하늘 별
다 담은 우주보다

더 큰 그릇

그런데
지금 내 곁에
그 사랑 없습니다

엄마, 엄마, 생일 축하합니다

지구가 아름다운 이유

꽃 피는
봄입니다

꽃샘추위에
움츠렸던 꽃들이

제 빛깔
제 향기로
피어납니다

그늘진 내 둘레도

환한 꽃 빛
못 견디고

꽃으로 핍니다

이것이
내가 사는 지구가

다른 별 보다

향기로운 이유입니다
아름다운 이유입니다

우산

발목을
다쳤을 때

계단에서
손잡아준 아영이

손은
작았지만
따뜻했어

비 맞으며
집에 갈 때

우산
받쳐준 아영이

우산은 작았지만
세상에서 가장 큰 우산이었어
비 내리는 하늘
다 가려준 아영이
세상의 비도
다 가려주는 아영이

어리석은 생각

눈 녹는 것이
안타까웠지

하얀 겨울이
그대로 있었으면 했지

그런데 그것이 얼마나 어리석었는지
나는 몰랐어

눈이 녹아내리는 것이
하늘과 땅이 손잡고 무엇인가에 대해
이야기하고 있다는 것을
모르고 있었으니

실패

어느 숲속 마을

어린 들고양이가
쥐를 잡는데 실패했어
어린 고양이는 부끄러워 얼굴이 빨개졌지
슬프고 속상해 밥도 먹지 않고
바위 그늘 밑에 누워만 있었지

재주꾼 다람쥐가 달려왔지
“처음에는 다 그래
나도 몇 번이나 넘어졌는지 몰라
실패는 패배가 아니야
아프고 슬프지만
그 속에는 신비한 씨앗이 있어
마음 단단하게 하고

넘어진 몸 일으키는 힘내라는 씨앗
일어나라는 씨앗이 있어”

수염이 긴 염소 할아버지도 말씀하셨지
“다람쥐 말이 맞아
실패는 우쭐함을 낮춰주는
겸손의 씨앗이야
둘레를 향기롭게 하는 인내의 씨앗이고
실패는, 우리가 세상에서 때때로
건너가야 할 징검다리야
실패를 두려워해서는 안 돼
두려우면 꽃도 피지 않아”

참새들도 짹! 짹짹짹!
까치들도 깟!깟! 깟!깟!
고양이를 위로해주었지

수선화

아파트 입구에 피던 수선화가
올해는 피지 않았어
그냥 아무렇지도 않게 생각했지
그런데 꽃 도둑이 들어
수선화를 캐 갔다는 거야
CCTV에 찍혀서
경비 아저씨는
그가 누구인지 안다고 했어
그런데 말하지 않겠다고 했어

봄바람

무슨 생각에서

무슨 마음에서

내 발 앞까지 와서

소리 없이

툭!

꽃 한 송이

던지고 가는 걸까

제비꽃과 바위

큰 바위가

제비꽃 앞에

무릎을 꿇었다

* 둘째 마당 *

꽃은

꽃이어서

핀다

승환이

절룩거리는 다리로
승환이가
캠프를 떠나면서 그랬다

엄마!
나 없는 동안
형
꼭 안고 자

못

나는 못이야
태어날 때부터 뾰족해
늘 머리를 맞으면서도
세상 속으로
깊게 깊게 들어갔어
어떤 세상은 너무나 단단해
첫걸음도 떼지 못한 채
세상 밖으로 튕겨 나가기도 하고
어떤 세상에서는 허리가 구부러지기도 했어
그럼에도 나는
내가 가야 할 길을 알고 있었으므로
굽은 허리를 펴고
꼿꼿하게
세상을 걸었지
다른 세상이 어긋나지 않게 맞춰지도록

맞춰진 세상이 다시 어긋나지 않도록

나는 보이지 않게

세상 속으로 깊이깊이 들어갔어

가시

찔레 새순을

꺾어 먹으려다가

가시에

찔렸다

순간 흠칫 놀라

손을 뺐다

가시가 말했다

"희망을 꺾지 말아 주세요"

쉬

버스 기사님이

갑자기

길옆에 버스를 세웠어

그리고 어디를 향해 뛰어가셨어

엄마 무릎에 앉아있던

어떤 여자아이가

쉬

빨래

엄마는
빨래할 때

속을 뒤집는다

또 있다

나 혼낼 때도
그런다

속을
홀랑 뒤집어 놓는다

안 보이는 때
다 빼야 한다며

꽃은 꽃이어서 핀다

누구를 위해서
피는 것이 아니다

폭풍우에도
폭설에도

스스로 피어 아름다우려고
스스로 피어 향기로우려고

꽃은 꽃이어서 핀다

나무

-아무래도

너는 아니야

-그래도 너는

아니라니까

나무는 이런 말

안 해

-아무래도

너야

-그래도 너야

나무는

이런 말만 해

나는 이런 나무가
좋아

공터

공터
달개비꽃 앞에 앉아

달
달
달
달

달을 찾았다

해만 바라보고 다니다가
달을 잃어버릴 뻔했다

동생

내가 병원에 있는 동안

동생은

내 방에
불을 끄지 않았다
고 했다

멈춘 시계 몸에
약도 넣어 주었다
했다

꽃님이

만세 소리 들리던 날 그 아이는 문틈으로 밖을 보고 있었겠지 방으로 들어온 개미가 손등으로 기어오르자 문을 열고 놓아주었겠지 그날* 아침도 그 아이에게는 그냥 오지 않았겠지 민들레가 피던 자리에는 무슨 꽃이 피었을까 엄마는 어디로 갔을까 아빠는 또 어디로 갔을까 문을 열고 큰길로 나온 그 아이는 키보다 높은 말을 만났지 세상이 궁금해 거리로 나온 여섯 살 그 아이는 그날 말굽에 채여 길가에서 사라졌지 지금도 이름을 알 수 없는 그 아이는 어디로 갔을까 바람을 따라갔을까 나비를 따라갔을까 이름 없는 돌무덤에서 잠을 자고 있을까 나는 그 아이를 꽃님이라 부른다

*1947년 3월 1일 11시 스물여덟 돌을 맞은 3·1절 기념식을 마친 후 일어난 일로 이날 경찰의 총격 사태는 4·3 사건의 도화선이 되었음.

오늘 밤에는
별을 볼 수 있겠다

하늘에 있는

내 별

엄마별

흔들려라, 나무야

바람 부는 대로
흔들려라
아니, 바람보다
더 크게 흔들려라
크게 흔들리지 않고
어떻게 큰 나무가 되겠니?
향기로운 나무가 되겠니?
나무야, 흔들리며 피리를 불어라
흔들리며 가슴에 키운 별
땅끝까지 지켜라
그렇지 않고 어떻게
나이테를 새겨 가겠니?
나무야, 흔들려라
흔들려야 흔들리지 않는다
배도 바람과 파도에 흔들리며
바다를 가른다

오래된 약속

아주
먼먼
옛날

하늘은

해와 달이 멈추는 그 날까지

이 땅에

아름다운
무지개를 걸어 놓겠다 약속했지

채송화가 된 별

나는 별이었어
작은 별이었어

밤마다 나는 초롱초롱 눈을 뜨고
너를 바라보고
이런 생각을 했지

'네가 사는
땅으로 내려가
꽃으로 피고 싶다

오랫동안
꿈을 꾸면
그 꿈을 닮아간대'

* 셋째 마당 *

이제는

혼자서도

잘 자

지구는

꽃이

피는

비행물체

향기

나는

비행물체

평화만 있으면 좋겠다

사과가 된 네 개의 입

사과
한 개

네 조각 내

한 조각씩
나눠 먹은
네 개의 입이

네 개의
사과 되어

네 개의 입에서
향기가 나

미안해, 가을비여서

코스모스야

아침이

햇살이어야 하는데

하늘이

푸르러야 하는데

아침부터

속상하게 해서

미안해

가을비여서

담쟁이

담쟁이는

담장을

벽이라 생각하지 않아

담장을 사랑해

길이라 생각해

담쟁이는 담장에 푸른 길을

내고 싶어

천둥 번개와 손잡고

푸른 길을 만들지

벌레 먹은 거뭇거뭇한

담쟁이 발이

꽃잎 같아

담쟁이에게 담장은
넘어야 할 벽이 아니야

세상을 함께, 푸르게 가꿀
짝이야

산전

이덕구 산전*을 올라갑니다

길가에 민들레꽃 제비꽃 피었습니다
피가 흐르던 길이었을 텐데, 아빠가 말합니다

쌓은 돌마다 이끼들이 피었습니다
피 묻은 돌들이었을 텐데, 내가 말합니다

깨진 솥뚜껑에 녹이 켜켜이 슬었습니다
밥이나 앉히던 솥이었을까, 엄마가 말합니다

*제주 사람들은 산밭을 산전이라 부름. 이덕구 산전은 4·3 사건 당시 무장유격대 대장 이덕구가 대원들의 식량을 마련하기 위해 북받친밧에 만든 산밭.

병원에서

동생은

내가 부르면

손이 닿을 만한 곳에서
손이 되어 주었다

어떤 때는

약을 손에 들고
내가 깨기를
기다리고 있었다

병원에는
잡아주어야 할 손이
참 많다

나를 기쁘게 하는 것들

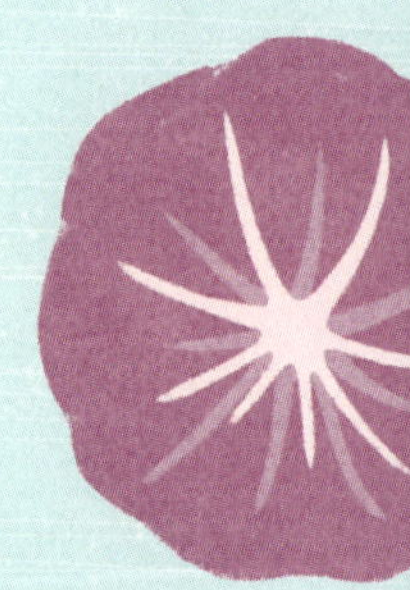

아침에
나팔꽃에게
너, 참 싱그럽다 했지
까치에게
네 목소리가 새롭다 했지
잠자리에게
안녕하고 인사를 했지
잠자리는 신이 나는지
나팔꽃에 앉았다가
까치랑 파란 하늘을 날았지
오늘은 내가 여름에 만나는 것들과
나에게 기쁜 일을 했다

너에게도 참 예쁘다 한 날

단풍나무 음악회

단풍나무가
음악회를 열었어

오후 7시
우리 아파트 분수대에서

조명은 보름달이 맞고

초대 연주자는 귀뚜라미
초대 가수는 별

방청객은
노랑 빨강 모자를 쓴 단풍나무들

막이 오르자

귀뚜라미 '작은 별' 연주에 맞춰

별과 단풍나무가
「작은 별」을 불렀지

'반짝반짝 작은 별
아름답게 비치네'

해바라기

누가 누가 보고 싶어

오랫동안 바라보니?

누가 누가 그리워서

오랫동안 기다리니?

이 가을에 나는

혼자라는 걸 알았다
그리고 혼자가 아니라는 것도 알았다
오물오물 도토리를 맛있게 먹는 다람쥐도
붉게 물들어 가는 나무도
구름도 별도
나의 한 부분임을 알았다
겨울이 오면
나는 빈 나뭇가지 사이로 내리는
첫눈이 되고 싶다

은행 언니

나를 쓰고 점심 먹으러 가던 은행 언니가 땡볕에 앉아 상추를 파는 할머니께 양산 쓰고 파세요 이렇게 말하고는 식당으로 갔어 나는 할머니의 그늘이 된 것이 기뻤어 그런데 은행 언니는 저녁때가 되어도 오지 않았어 다음 날도 그 다음 날도 또 그 다음 날도 그 언니는 여름이 다 가도록 오지 않았어 할머니는 나와 함께 언니가 오기만을 기다리며 상추를 꼭 남겨 집으로 가셨지 아직도 내 몸에서는 언니 향기가 나

버릇

잠잘 때
문을 열어 놓고 자
버릇이 들어 문을 닫고는 못 자
안방에는 아픈 엄마가
새우처럼 몸을 웅크리고
잠을 자서 그래
잠자는 그 시간이
엄마에게는 쉼이고
평화야
문은 엄마 곁으로 가는 길
잠들 수가 없어 열어 놓고 자던 문이
이제는 혼자서도 잘 자

낙엽

나
진 것 아니야

나무에게
새 옷 갈아입히려고

겨울 너머

봄옷 가게
가는 길이야

행복

엄마, 행복이 뭐예요?

응, 행복은 웃음이야!

크지 않아도

예쁘지 않아도

향기가 작아도

작은
풀꽃 같은

잔잔한
웃음

* 넷째 마당 *

서로

눈빛

마주

보며

사탕

이불을 개다가

어젯밤에 잃어버린

사탕이 굴러 나왔다

누가 볼까봐

얼른 다시 이불속에

감췄다

그런데 들켰다

야옹!

닫힌 문

이 세상에
닫힌 문은 없어
언젠가는 열려
닫힌 문은 열라고 있는 문이야
닫힌 문이라 열리지 않을 거라는
닫힌 마음으로는 결코 열 수 없어
바람도 열고 햇살도 여는 닫힌 문
그 문 앞에서 돌아서는 것은
닫힌 문 안에 기다리고 있는
희망을 포기하는 것
무지개를 잃어버리는 것
지금 두드려
두드리는 마음 간절하면
하늘 문도 열려
닫힌 문도 길이야

그 자리

보리가
잠든

나무 밑
그 자리에

봉숭아 꽃씨
몇 알
묻어주었다

보리
영혼에도

꽃 피라고

눈 내리는 날

눈 오면
눈 온다
소리치고

비가 오면
비가 온다
소리치던

동생이

눈 내리는 날

엄마, 엄마
소리치며 울었다

푸른 하늘 은하수 하얀 쪽배에*

준희가
이 노래를 부르며
잠을 잡니다

종희도
이 노래를 부르며
잠을 잡니다

엄마 없는 밤

이렇게 둘이서
잠을 잡니다

*윤극영 반달 가사 인용

보도블록

개미 학교

1학년 교실

훈민정음 글자판

ㄱㄴㄷㄹㅁㅂ…

ㅏㅑㅓㅕㅗㅛㅜㅠ…

개미들이
더듬더듬 글자를 쓴다

어떤 개미들은
크레파스로 꽃을 그리고

선인장

밤마다
창밖을 바라본다

사막의 별빛이
그리운가 보다

나도 누군가가 그립다

엄마꽃

하고픈 사랑이
얼마나 많으면

못 다 준 향기가
얼마나 많으면

하늘에서도 꽃으로 필까

세상에서

처음으로
민들레를 가르쳐준 엄마가

이 세상
첫걸음을 떼준 엄마가

하늘에서

꽃으로 피는 줄 몰랐지

콩콩 뛰는 꽃

콩
콩
거려

콩
콩
뛰어

그 애가
나를 좋아한대

콩 같은 애가

콩
콩
뛰는 애가

꽃은
보고 싶어
피나봐

신호등

마음속
보이지 않는 구석에

빨간 불에 가지 말고
파란 불에 가라는

신호등
하나가 있다

이런 신호등이
눈먼 사람들의 눈이 되고
낮은 사람들의 발이 되어

아픈 손 잡아주고
슬픈 마음 다독이면

이 세상은

참 따뜻하겠다

냉이

아직 채 풀리지 않은
밭에 나가
냉이 한 소쿠리 캐온 외할머니
겨우 내내 끊이지 않고 흐르는
실도랑에 앉아
냉이 뿌리를 하얗게
쌀처럼 씻는다
나에게 밥이 되고
나에게 신발이 되어 준 냉이
나는 외할머니 냉이로
배고픔을 견디던 날이 많았다
시장 바닥 한 귀퉁이에
쪼그리고 앉아 냉이를 팔던
외할머니
참 많이 보고 싶다

성당 가는 길

성당 가는 길
한쪽으로
기울어진 어린나무에
누군가 쓰러지지 말라고
작은 나뭇가지로 받쳐 놓았다
버팀목으로 받쳐준 그 손
착하다
아름답다
내 마음에 기쁨의 빛을 준
알 수 없는 손
그 손도 기뻤겠다
갑자기 내 마음이 붕 뜬다
그런데 즐거운 발걸음 한쪽
아직 누군가에게
버팀목이 되지 못한 내가 있었다

함박눈

펑펑
함박눈이 내립니다

봄을 기다리는
나무들이
하나 둘
눈 속으로 걸어갑니다

큰길로 가는 길도
높고 낮은 지붕도
하얗게 덮입니다

소란하던 세상도
다 고요해질 것입니다

강아지 똥 2

나는

누구의

길인가?

나는

누구의

문인가?

해설

자연의 풋풋한 서정과 일상의 따뜻함

황 수 대 (아동문학평론가)

자연의 풋풋한 서정과 일상의 따뜻함

황 수 대 (아동문학평론가)

1.

이창건은 등단 이후 줄곧 자신만의 시 세계를 쌓아왔다. 군더더기 없는 깔끔한 절제와 예리한 통찰력 풍부한 감성과 작고 여린 존재에 대한 사랑 천진무구한 진솔함과 진정성은 그의 동시가 지닌 특징이다. 여기에 이창건 시인 특유의 사유와 시심이 더해져 그의 시풍은 매우 독특하다. 『사과가 된 네 개의 입』은 이러한 이창건 동시의 특징을 살펴볼 수 있는 축도와도 같은 시집이다.

「시인의 말」에서 이창건은 '아프고/ 슬프고/ 쓸쓸하고/ 사랑할 때/ 시를 쓴다'고 말한다. 실제로 시인의 말은 그의 시를 꿰뚫는 핵심적인 시어들이다. 앞선 동시집인 『빨주노초파남보로 웃겠습니다』(씨엘, 2024) 해설에서 전병호는 “시인은 비록 비극적 인식으로 가득 찬 세상에서 버려진 듯 살아가나 구원의 바탕인 사랑을 향해 한 발자국씩 다가간다.”라고 적고 있다.

이번 동시집은 이와 같은 이창건 동시의 맥을 이어가면서도 앞 동시집과는 성격이 조금 다르다. 그의 동시는 대체로 사유가 깊은 편이지만 이번 시집의 경우 그것이 더욱 두드러지게 나타난다. 자연의 풋풋한 서정과 일상을 따뜻한 눈으로 바라보고 그 의미를 철학적 가치에 담아 노래하고 있다. 그래서인지 이전 시집보다 시성이 더 깊어진 느낌이다.

2.

이번 동시집에서 가장 인상적인 것은 작품의 배치이다. 특이하게도 이 시집은 존재 탐구와 관련한 「강아지 똥 1」과 「강아지 똥 2」가 시집의 시작과 끝에 놓여있다. 사실 ‘나는 누구인가’와 같은 질문은 그동안 문학에서 자주 다루어진 주제이다. 하지만 동시의 경우 독자인 아이들의 발달 특성상 깊은 성찰을

요구하거나 소화하기 어려운 철학적인 주제는 되도록 피해 왔다. 그런데도 그와 같은 작품을 시집의 처음과 끝에 배치한 것은 흔한 일은 아니다.

내가

왜

태어났을까?

내가

왜

지금

여기 있을까?

-「강아지 똥 1」

이 동시는 시집 첫머리에 놓인 작품이다. "내가/ 왜/ 태어났을까?"에서 화자는 자신의 존재를 묻고 있다. 그런데 이러한 화자의 질문은 단순히 생물학적 출생에 관한 호기심이 아니다. 즉 나는 어떤 존재이고 어떤 것이 최선의 삶이며 어떤 삶을 선

택할 것인지에 관한 질문이다. 이는 이 동시집의 끝에 있는 "나는 누구의 길인가?// 나는 누구의 문인가?"(「강아지 똥 2」)를 통해서도 확인할 수 있다. 이 시집에서 이들 작품은 짝을 이루어 시집의 안정적인 분위기와 긴장감을 동시에 안겨준다.

그렇다면 시인은 왜 그처럼 존재 탐구에 온 마음을 쏟는 것일까. 아마도 그것은 이창건의 동시에 자주 등장하는 엄마와 관련이 있는 것으로 보인다. 실제로 그의 동시에는 엄마에 대한 시가 여러 편 눈에 띈다. 「버릇」 「눈 내리는 날」 「엄마, 생일 축하합니다」와 같은 작품들은 엄마의 아픔과 세상을 떠난 엄마의 부재를 암시하는 것들이다. 이 가운데 "잠잘 때 문을 열어 놓고 자/ 버릇이 들어 문을 닫고는 못 자/ (중략)/ 문은 엄마 곁으로 가는 길/ 잠들 수가 없어 열어 놓고 자던 문이/ 이제는 혼자서도 잘 자"라는 「버릇」이 가슴 아프게 다가온다.

하고픈 사랑이
얼마나 많으면

못 다 준 향기가

얼마나 많으면

하늘에서도 꽃으로 필까

세상에서

처음으로
민들레를 가르쳐준 엄마가

이 세상
첫걸음을 떼준 엄마가

하늘에서
꽃으로 피는 줄 몰랐지

-「엄마꽃」 전문

이창건의 동시에서 엄마는 특별한 존재다."엄마는// 이 세상에서/ 가장 큰 사랑을// 담은 그릇"(「엄마, 생일 축하합니다」)에서처럼 엄마는 그의 시 쓰기를 뒷받침하는 힘이다. 「엄마 꽃」은 그 가운데 하나로 세상을 떠난 엄마를 노래하고 있다. 영원히 함께 할 줄 알았던 엄마와의 이별과 그로 인한 화자의 슬픔과 그리움이 잘 나타나 있다. 이런 정서는 자신과 분리될 수 없는 엄마의 존재를 시인의 마음속에 새겨놓으려는 진실함에서 비롯된 것 같다.

엄마에 대한 동시가 어릴 적 이창건의 경험에서 비롯된 것인지는 분명하지 않다. 하지만 그의 동시에 아픈 엄마가 자주 등장하고 그의 동시를 지배하는 주된 정서가 "엄마 없는 밤"(「푸른 하늘 은하수 하얀 쪽배에」)과 같이 상당 부분 세상을 떠난 엄마의 부재에 닿아 있다는 점에서 그럴 가능성이 커 보인다. 만일 사실이 아니더라도 시인에게 엄마는 매우 각별한 존재였으며 그것이 어떤 식으로든 시인의 세계관 및 시 창작에 영향을 주었을 것으로 생각된다.

3.

세상을 떠난다는 것은 존재의 끝이다. 이런 인식은 두려과

불안감을 불러온다. 특히 어릴 적 경험한 이별이나 가까운 주변 사람이 세상을 떠나는 것은 마음에 큰 상처를 준다. 이 세상에 영원한 것은 없으며 자신도 언젠가 그리될 것이라는 자각은 삶에 많은 변화를 가져온다. 때로는 그것이 영혼의 내면을 더욱 단단하게 만들어 '나는 왜 태어났을까?'와 같은 자신의 존재를 확인하는 계기가 되기도 한다.

아직 세상의 이치에 어두운 아이들에게 가장 믿고 의지했던 엄마가 세상을 떠난다는 것은 엄청난 충격으로 다가온다. 이 넓은 세상에 혼자 버려진 것 같은 두려움은 쉽게 사라지지 않는다. "나/ 진 것 아니야// 나무에게/ 새 옷 갈아입히려고// 겨울 너머// 봄옷 가게/ 가는 길이야"(「낙엽」)처럼 그의 영혼에 봄이 오기까지 많은 방황과 고통의 시간이 필요하다. 어느 정도 마음의 상처가 아물 때까지는 주위의 따뜻한 관심과 보살핌이 있어야 한다.

아직 채 풀리지 않은
밭에 나가
냉이 한 소쿠리 캐온 외할머니

겨우 내내 끊이지 않고 흐르는
실도랑에 앉아
냉이 뿌리를 하얗게
쌀처럼 씻는다
나에게 밥이 되고
나에게 신발이 되어 준 냉이
나는 외할머니 냉이로
배고픔을 견디던 날이 많았다
시장 바닥 한 귀퉁이에
쪼그리고 앉아 냉이를 팔던
외할머니
참 많이 보고 싶다

-「냉이」 전문

그 점에서 이창건의 동시는 이상적인 모습을 띠고 있다. "나에게 밥이 되고/ 나에게 신발이 되어 준 냉이/ 나는 외할머니 냉이로/ 배고픔을 견디던 날이/ 많았다"와 같이 그의 동시에는 엄마를 대신해 어린 화자를 살뜰히 챙기는 사람들이 나온다.

“시장 바닥 한 귀퉁이에/ 쪼그리고 앉”아 냉이를 파는 외할머니와 화자가 아픈 날 “내가 팔을 뻗으면// 손이 닿을 만한 곳에서/ 손이 되어 주”는 동생이 있고(「병원에서」) 비 오는 날 “비 내리는 하늘/ 다 가려준 아영이// 세상의 비도/ 다 가려주는 아영이”(「우산」)도 있다. 이들의 헌신적인 희생과 사랑은 화자가 너끈히 슬픔을 견딜 수 있도록 도와준다.

누구를 위해서
피는 것이 아니다

폭풍우에도
폭설에도

스스로 피어 아름다우려고
스스로 피어 향기로우려고

꽃은 꽃이어서 핀다

–「꽃은 꽃이어서 핀다」 전문

담쟁이는

담장을

벽이라고 생각하지 않아

담장을 사랑해

길이라 생각했지

담쟁이는 담장에 푸른 길을

내고 싶어

-「담쟁이」 부분

실패는 패배가 아니야

아프고 슬프지만

그 속에는 신비한 씨앗이 있어

마음 단단하게 하고

넘어진 몸 일으키는 힘내라는 씨앗

일어나라는 씨앗이 있어

-「실패」 부분

시련은 아프다. 하지만 그만큼 자신을 성장시킨다. “꽃은 꽃이어서 핀다”는 경구와 같은 표현은 존재의 확인이다. 그리고 꽃은 “스스로 피어 아름다우려고/ 스스로 피어 향기로우려고” 폭풍우에도 피고 폭설에도 피어 자신의 존재 의미를 더욱 넓혀나간다. 한편 “담쟁이”는 시련을 견딘 이들에 대한 비유다. 이창건 동시 속 화자들은 하나같이 동심을 닮아 심성이 곱고 여리다. 그러면서도 속이 깊고 강단이 있다. 시인에게 담장은 넘어야 할 “벽”이 아니라 함께 세상을 푸르게 가꿀 “짝”이다. 또한 “실패는 패배가 아니야/ (중략)/ 세상에서 때때로 건너야 할 징검다리야”(「실패」)라며 “실패를 두려워해서는 안 돼”라고 한다. 「가시」에서는 실패를 넘어 “희망을 꺾지 말아 주세요”라고 부탁한다.

이 시집에는 자기희생과 나눔을 주제로 한 작품이 많다. 표제작인 “사과/ 한 개// 네 조각 내// 한 조각씩/ 나눠 먹은/ 네 개의 입이”(「사과가 된 네 개의 입」) 역시 나눔을 바탕으로 하고 있다. 그리고 이들은 종종 “아직 누군가에게 버팀목이 되지 못한/ 내가 있었다”(「성당 가는 길」)처럼 자신의 일상을 반성하기도 한다. 이처럼 이창건의 동시에 등장하는 화자는 「나무」처럼 한결

같이 착하고 성숙한 모습을 하고 있다. 이는 아무리 어렵고 힘들어도 서로서로 아픈 손을 잡아주고 슬픈 마음 다독이면 "이 세상은/ 참 따뜻하겠다"(「신호등」)라는 시인의 평소 철학에서 비롯된다.

4.

기본적으로 서정시는 시적 대상을 통해 자아의 내면적 정서를 드러낸다. 따라서 어느 한 시인의 작품에 공통으로 나타나는 주제와 이미지를 분석하면 그가 지닌 인식과 가치관은 물론 그의 시 세계를 어느 정도 파악할 수 있다. 앞서 살펴본 바와 같이 이창건의 동시에는 삶에 필요한 자기희생 나눔 성찰 구원의식과 같은 종교의 가치를 떠올리게 한다. 이것은 철학과 종교의 가치가 대체로 비슷하기 때문이다. 그런 점에서 이 시집에서 이런 가치를 담은 작품이 발견되는 것은 자연스럽다. 그런데도 이 시집이 더욱 특별하게 다가오는 것은 이창건 동시만이 갖는 특징이 전에 비해 훨씬 두드러지게 나타나기 때문이다.

나는 못이야

태어날 때부터 뾰족해

늘 머리를 맞으면서도

세상 속으로

깊게 깊게 들어갔어

어떤 세상은 너무나 단단해

첫걸음도 떼지 못한 채

세상 밖으로 튕겨 나가기도 하고

어떤 세상에서는 허리가 구부러지기도 했어

그럼에도 나는

내가 가야 할 길을 알고 있었으므로

굽은 허리를 펴고

꿋꿋하게

세상을 걸었지

다른 세상이 어긋나지 않게 맞춰지도록

맞춰진 세상이 다시 어긋나지 않도록

나는 보이지 않게

세상 속으로 깊이깊이 들어갔어

-「못」 전문

이 동시는 그 가운데 하나로 '못'을 형상화하고 있다. 이 동시에서 화자인 '나'는 "태어날 때부터 뾰족해/ 늘 머리를 맞으면서도/ 세상 속으로/ 깊게 깊게 들어갔어"고 말한다. 그런데 이런 화자의 말은 인간은 날 때부터 죄를 가지고 태어난다는 기독교의 '원죄설'을 떠오르게 한다. 또한 뒤에 이어지는 "내가 가야 할 길을 알고 있었으므로/ (중략)/ 나는 보이지 않게/ 세상 속으로 깊이깊이 들어갔어"의 경우 절대자에 대한 믿음과 그에 대한 시인의 마음가짐으로도 읽힌다. 그 때문에 혹시 시인이 자신의 종교적 신념과 가치를 '못'에 빗대어 표현한 것이 아닐까 하는 생각이 든다. 다소 억지스럽고 지나친 해석일 수도 있지만 전반적인 시집의 상황과 분위기를 생각하면 이러한 해석도 얼마든지 가능하다.

이 밖에 "지금 두드려/ 두드리는 마음 간절하면/ 하늘 문도 열려"라는 '닫힌 문'은 시인의 신에 대한 믿음에 바탕을 둔 작품이다. 이는 신앙을 가진 시인의 사상과 정서가 의식적 또는 무의식적으로 드러난 결과이다. "큰 바위가// 제비꽃 앞에// 무릎을 꿇었다"(「제비꽃과 바위」)와 "하늘은// 해와 달이 멈추는 그 날까지// 이 땅에// 아름다운/ 무지개를 걸어 놓겠다"(「오래된 약속」)는 것은 시인이 가리키는 세계와 가치가 어떠한 것인지를 알게 해준다.

5

시인이 시를 쓰는 이유는 저마다 다르다. 어떤 시인은 살면서 마주하는 내면의 감정을 표현하기 위해 시를 쓴다. 또 어떤 시인은 부조리한 현실을 비판하거나 억압받는 이들의 목소리를 대변하기 위해 시를 쓴다. 그런가 하면 또 다른 어떤 시인은 삶의 본질과 존재의 의미를 탐구하기 위한 수단으로 시를 쓰기도 한다. 그렇다면 이창건이 시를 쓰는 이유는 무엇일까.

아마도 그것은 이미 앞서 언급한 시인의 말에서 답을 찾을 수 있을 것 같다. 구체적인 이유와 정확한 실체는 알 수 없으나 시인의 내면 어딘가에 반세기가 되도록 시를 쓰지 않고는 못 배기게 만드는 어떤 힘이 존재하는 것만은 분명해 보인다. 그것은 신앙을 가진 시인으로서 신이 준 재능에 대한 소명 의식의 발로가 아닐까? 이창건의 동시에 철학적 사유가 두드러지고 종교적 색채가 진하게 드러나는 점도 그러한 추측을 가능하게 한다. 그렇다고 이 시집 전체가 사유와 철학이나 종교적 가치만으로 형상화한 것은 결코 아니다. 이글에서 다루지 못한 4·3 사건의 아픔을 기록한 「꽃님이」 「산전」 같은 작품도 있고 「새싹 문자」 「쉬」 「사탕」 「낙엽」 「콩콩 뛰는 꽃」과 같은 동심의 직관에서 나온 시편들도 있다.

한편 작품 가운데 어느 것들은 지나온 어린 날에 대한 회고 형식을 따르고 있다. 그의 회고 형식은 동심을 만나는 틀이다. 회고는 시인의 과거와 현재의 거리를 좁혀 동심과 시인이 서정적으로 결합하는 시적 장치다. 이 때문에 시에 드러나는 화자의 목소리는 어린이 속의 어른 같고 마치 한 사람의 것처럼 느껴진다. 그리하여 시인은 이번 시집 시편마다 지나온 삶을 모두 담아낸 것이 아닌가 싶다. 순진무구한 동심으로 녹여낸 풋풋한 자연의 서정과 일상의 따뜻함이 소리 없이 흐르는 강물처럼 잔잔하면서도 깊은 울림을 준다. 시인의 소망처럼 「지구」에 "평화만 있으면 좋겠다"

파란하늘 동시선 01

사과가 된 네 개의 입

지은이_ 이창건
그　림_ 전솔이

발행인_ 이도훈
펴낸곳_ 파란하늘
초판발행_ 2026년 1월 5일

사무실_ 서울시 서초구 법원로3길 19, 2층 W109호
(서초동, 양지원빌딩)
전　화_ 02) 595-4621, 010-6722-4621
팩　스_ 050-4227-4621
이메일_ flyhun9@naver.com
홈페이지_ http://dohun.kr

ISBN_ 979-11-94737-47-6 03810
정 가_ 16,000원